小さな径の画

小林久美子

北冬舎

小さな径の画　目次

小さな径の画

古木の棚の上の断想

I

編み直される糸

築き上げられた思いへ
厳かに冠する
ような言の葉に
遇う

光源は
何処にあるのか
列柱の
間《あわい》間《あわい》に射しこみながら

いましがた
誰かが座していたらしい
机から引きだされて
椅子は

港へ
人を迎えに行くのか
かろやかに少女は
小径を下る

版画の初刷りをする
ときの気持ち
こころ鎮めて
汝と向きあう

何処から
つよい光を放つのか
吾の裡を透かす稲妻
汝は

あり得たのに回避した
それが
賢明なことだと
解っていたから

独りの心に
手繰り寄せられた女性は
画かれてその人に
逢う

ことの葉をもたず
思いを透かせあう
光と影がそうするように

信頼をよせてゆく禽
いっしんに枝をはり
葉を繁らせる樹に

黙しつつ見返してくる
吾の問いに答えを与えながら
女性《モデル》は

わたる季《とき》を禽へ報せる
鐘の音になる
木木の梢が鳴りあい

鐘の音が鳴るとき
汝がいるのが分かる
次の音が鳴るまで其処に

解《ほど》かれてもう一度
編み直される糸
生きながら生を思うは

Ⅱ

背もたれのない椅子

胴体《トルソ》に
見えない腕が
見えるように
心からなるものでないなら

信仰は
秘められるのを
魴鮄《ホウボウ》の眠りに胸鰭は
閉じられる

謐《しず》けさを授ける
行為
工房の額縁ひとつずつ
布に拭く

野川には
野道が沿って
人里を遁《に》げるみたいになって
続いた

口許の拳《こぶし》は
咳をくすませて
吾の物思いさえ
杳《くら》くした

汝の喉を潤したのか
洋盃《コップ》は
水切り籠に
伏せて置かれる

体内を巡り
心に触れるとき
水は
女人の想念になる

重い本をめくる
汝の指が
少し長く見えて
秋は進んだ

貴方が言っていたとおりの
半円彫刻《タンパン》だった
人気《ひとけ》の途絶えたあたり

冬の日の翳うすしろく沈ませる
壁龕《へきがん》に今
なにも置かれず

背もたれのない木の椅子に招かれて
向きあう
沈黙を差しだして

蚤の市に売られる
一片の詩句が刺してある
白麻《リネン》の手巾《ハンカチ》

小さいけれども思惟は
ひとりの女人の像の上に
君臨する

悲しみも歓びも退《ひ》く
筋肉は
人の内部で調整されて

Ⅲ

付け襟のながい連なり

防雪の
頭巾《フード》を取れば巻き髪の
青年だった
画家の人物《モデル》は

病む者と
共にいた修道女を想う
Beaune《ボーヌ》生まれの
青年に

ほどけ髪　髭を
ひといろの画材《コンテ》に画きすすむ
真情を
索《もと》めて

線描を下支えして
画きおえた紙を閲《けみ》して
蔵う
画板《カルトン》

晩食の灯りだろうか
閉じられた
窓をほのかに
温めるのは

吾の胸に
組み上げられてゆく足場
古き良き
暮らしの文献に

甘くした
珈琲《カフェ》を飲む老画家は
肘まで
木炭の黒に汚れて

西洋へ
渡ったあとをどの部屋で
愛でられたのか
古陶の青鷺《エロン》

隔たりを均等にして
部屋に干す
時雨にぬれたGounod《グノー》の楽譜

光線の端はゆびさき
壁の絵の少女に
触れる刻を宥《ゆる》され

手にさぐり直す襟元
舗道で声をかけるのを
躊躇《ためら》いながら

洋服掛《ハンガー》けに干される
付け襟のながい連なり
永久《とこしえ》に吊るすよう

釦穴《ぼたん》に釦を通す
目に見えない不安への
回答として

信服を湛えた笑みが浮かぶ午後
ふかく差し交した
枝と枝

IV

線形代数の古書

密やかに祈る
女人を想わせる
組み合わされた
櫂の小舟は

川の煌きが
ときおり見せる
悲しみを
鎮められずにいるのを

線形代数の
古書に挟まる
羊歯の押し葉は
死者が抓んだもの

時を打つ
確かさに死の裡へ
定まり逝けるよう
還らないなら

否定されようのない
絶対の喪《かな》しみに
春が降る
光になり

掬われる光
誰もこのときを
停める力を
持たないなかで

ただ世界を
讃えさせて
どんな条件も要らない
表し方で

遠くまで飛べる
禽だと惟《おもい》みる
大葉の枝の
強い撓《しな》りに

椅子 机

洋灯《ランプ》 寝台 襯衣《シャツ》 敷布

待針 鋏 木槌 蜜蠟

鞄 鍋

鍋敷 薬缶 薬瓶

石鹼 磁石 眼鏡 手鏡

手紙 洋筆《ペン》
鏡玉《レンズ》 鍵 古書 聖書 靴
遺品は個個に陳列される

整然と遺品は並び
亡き者の不在が
申し立てられてゆく

陽を降らせ風を吹かせて
花を咲かす
生まれたての春の地上に

三月の空は
三十一通りの一日《ひとひ》の裡に
花を生かす

V

刺繍の図案帖

胸の
深みに隠された部屋を
往きあい点しあう
親愛がある

憶えて
いたかのように吾の上を
もう一度
廻る四月の燕

烏克蘭《ウクライナ》の野原を
想い見る
小花を髪に挿す
裸婦のほとりで

平皿につけた
最初の疵《きず》だった
無数の疵の
重なりの奥

計由《キエフ》
その名を口にする
だけでもう貴女が居なく
なりそうになる

壁新聞に灌がれる
眼ざしの
黒草《チェルノブイリ》を
遠く離れて

Ingres《アングル》を想起する
帕布《ターバン》の
巻き方にする
貴女《モデル》は背を向けて

二十分姿勢《ポーズ》の
残り時間に背中の
黒子《ほくろ》を三つ
画きこむ

耳に挟んだ洋筆《ペン》を取り
賭ける瞬間《とき》
愛の高貴に打たれて人は

雉
風車　帆船　蔓草　林檎樹
刺繡の図案帖の古さに

俯いて農道を往く老爺
鞍《くら》も鐙《あぶみ》も手綱《たづな》も
ない馬と

黒目がちの淋しい瞳
草原を昏く見ているように
馬は

見過ごしていた
けれど変わらない山
今朝も若く濃密なままに

投げ上げた球《ボール》が落ちて来る
確かさに読んでゆく
汝の手紙を

Ⅵ

ヴィノク

早春の花冠《ヴィノク》
明るい髪に映え 汝を
ウクライナを
耀かす

水筒に紅茶を入れて
此処へ来る
貴女《モデル》
五回の休憩のため

休憩に羽織る格子縞《チェック》の
赤黒の
綿襯衣《めんシャツ》の裾
はつか解《ほつ》れて

面《おもて》には出ない
悲は見つけられずに
微笑んで佇む
人を画く

伏し目でも視線は判る
淹れたての
紅茶の色の
大きな眸

なにも語らないで
汝は背をむけて
画布に住まう
灰色の服で

自ずから
愛《かな》しみは抜き難《がた》くある
窓に枠が
伴うのに似て

皮膚に触れる瞬間の
温かさ
固定姿勢《ポーズ》の
紙紐《テープ》を貼る刻

西を指す風の行方に
疑いの目を向けるよう
半身像は

身を晒しながら立ち続ける裸像
吹きつけたい
北風のために

手を下ろす術《すべ》を知らない
青銅の青年像は
雨に打たれる

まだ夢を索《もと》めているようだった
画面に映る
兵士の遺体は

わが裡を見入る
いつしか延べられた首都近郊の
貴女の小径

花咲かす枝の小部屋で
檻褸《ぼろ》布に画筆の
一つひとつを拭う

Ⅶ

楕円の額

戦時下の
堅い表紙の書簡集
鶉卵《うずら》の
殻の模様の

波蘭女性《ポーランドびと》を
画きうる喜びを
知られたか
その射る眼差しに

なぜ哀しそうに
見つめ返されたのだろう
仕上げのない
速写画《クロッキー》

眩しさに目を
伏せたのではない
光に同意し
頷いたのだと

落ちついた
眸を見せる
夏霧に冷やされた
僧院を想わせ

腰に置かれた右の手に
婚約の証
小さな一粒
真珠

もの寂びた書籍を
膝に置く汝の
綿の中欧《スラブ》の
白の襯衣《ブラウス》

首胸飾《シュミゼット》に上衣を
合わせる
汝は演奏会の
券を銜えて

駅洋琴《ピアノ》から
こぼれ出る旋律の
抗いようのない優しさは

拳を挙げる群衆になる
画家へ捧げた
市民の容姿だから

拭わないまま楕円板《パレット》が遺される
掛け替えのない
存在の例

疵ついた時代を暖め続けて
少女を護る
楕円の額は

鶏卵を籠に集めてゆく指に
伝わる
汝に見える親しさ

なにもない天の高みに
そっと出る
少女の息のような平虹

Ⅷ

円屋根のなかに落ちる雪

たくさんの小禽を
宿らせる木
葉を
しげるだけ繁らせている季

日輪に
炙られながら帰る
誰かと共にいる
心地になって

たかく咲く柑花《かんな》と
背《せい》くらべをした
板靴《サンダル》履きの
踵を上げて

森の下草に
陽が射している
幼い死者に
呼びだされたように

あれほど苦しい
傷みを負うた人の
心の歩みを
追う一日《ひとひ》

荷を下ろしたのか
これから積みに往くのか
船は平たく
陽を浴びて

一度だけ
森の獣が啼いた
何故そうしたのかは
分からせないで

片陰に佇んだのち
陽の央《なか》に出る
細《ささ》やかに
心は決まり

誰《た》が胸も
荒れていたのを想う
この国が敗れた初めの秋の

葉のような哀しみが
音を立てず着地して
人に来意を告げる

背を抱かれ
言い聴かされる子供みたいに
じっと目を閉じる女性は

広島の円屋根《ドーム》の
なかに落ちる雪
孤独の中心点の朝を

この都市が調和するよう
街路樹を揃えて植えた
心を思う

委託されたものの容《かたち》となりながら
遠くまで翔《と》ぶ
渡り禽は

Ⅸ

袖口に細かな襞をよせた作業着

其処にある
意思のほとりを歩むこと
描線の縁《ふち》を
この手が沿う

端正な兄に伴われて
此処へ来て
描かれる露西亜《ロシア》の
少女

どのくらい
湿りがあるか
指さきを人魚紙《マーメイド》に
当てて探った

表題の文字の巡りに
画く
花や蕾や実のある
月桂冠

水色の
立ち襟に模造の粒真珠
春の
自然《バイカル》の湖を想う

汝が見る方を
吾も見る
固定する
目線がGoya《ゴヤ》の貼紙《ポスター》なのを

危険は天にもあるから
冬禽の
下から上に
閉じる目蓋《まなぶた》

痕跡を高貴に
写す鶏卵紙
骨の標本
羽根の標本

成しとげ得る証を持たない
危ない実験だから
人生さえ

石を彫る少女を護る
袖口に
細かな襞をよせた作業着《ブルーズ》

透きとおる眼だと思った
掛けられた少女の問いの
深い注意に

語れるだろうか
違うということを示さなければ
ならないなかで

割れないように拾い集めた
温かい卵を
祈りだと思う

みずうみに薄い氷が張る
季を泛べる
吾の画を見る眸に

X

封蠟のような釦

予期しないことを迎えて
享け入れる
謐かにひらき閉じる
扉は

見返しの
遊びの紙の
人に宛てられた言葉が
吾の許に来る

目の前に訪れた
一つの言葉
心へ連れて
面接させる

此処へ
来るとき雷鳴に遇ったこと
汝には云わないで
共にいた

しなやかな
浸透力とひそかな
反撥力
OX《オックス》筆にある

野生のせいなのか
孤独のせいなのか
獰猛になる
世界はまた

この国を渡る
燕に挨拶を送る
冠《コロナ》が
日を埋めるなか

手紙になら
書けただろうか
封蠟のような
釦をかけて思う

信頼は寛ぎに似て
何にも差し止められず
流れてゆく河

美しい一隅になる
亡き者の箪笥の上の
刷子《ブラシ》と帽子

画きおえて
堅くなる丸麺麭《パン》を切る
画き添えていたペティナイフで

痛苦を逃れる術がないとしても
時はあなたを
離さないから

思いはもう
詳《つまび》らかにされないままで
フランシスカン修道士

窓を閉じ微睡《まどろ》むなかに溶けあった
公園の声
教会の鐘

XI

孔雀石

つばめさん
汝をそう呼ぶ
羊毛の黒の円套《マント》を細く
羽織れば

見せにきて
僕これにする と
云う男《お》の子
土産物店の孔雀石

登攀《とうはん》を
語る叔父をじっと
見る男の子
食卓の端に着き

思いが
重くても軽くても同じ
振子の等時性の
前では

毛を刈り採られて
きたのね
かるい綿紗《ガーゼ》を羽織るように
羊たちは

贈られた
海栗《ウニ》の化石や
草の穂に
暖かくなる汝への気持ち

友達へ
小さな夜の曲《アイネ・クライネ・ナハトムジーク》
を弾く
少年は伏し目に

老いた手の洋琴《ピアノ》教師が
弾き直す
数多《あまた》の過去が
蓄えられた

昨日には東を向いていた筈の
鹿の風見が今朝
北を指す

絶え間なく修復してゆく
皮膚
始まる今日の薄明りのなかで

現実は
しんと組み立て直される
泣きやんだ小さな者の手に

吾に見せる愛おしく
純真な反骨
先を行く汝が振りむく

保たれる十字の形
蒼穹を往く禽
鍛えられた翼で

柘植の木の卵の型を
靴下に入れてかがった
繕うために

XII

禽の頭蓋

どこへ
行き着こうとするのか
稲妻の無垢なひかりが
降りやまない

昨日の出来事が
鎮められて
焼き林檎に載せる
冷たい乳酪《バター》

人に踏まれて色褪せた
絨毯のよう
霜を置く
蓬《よもぎ》　繁縷《はこべら》

前髪が目に入りそう
水辺の
少女の
眩しそうな眼差しに

食卓に両肘を張り
語る汝
上目遣いに
強く吾を射り

ふれ合いを赦さないまま来た
日日が永く
二人を堅く
結んだ

幾人の
生に重なる
壁画の盃《はい》が
剝落してきた時間は

壁画《フレスコ》に
涙は流れないままに
泣く者が住まう
普遍的《カトリック》に

雪が覆ってくれるのを
待ちながら
死骸の禽は土を動かず

冬雨のしずけさが径に
沁みこむ
傘を持たない者の肩にも

躰だって心と同じ
なのだから
諾う証しに目を伏せる

もう変えてみる必要は
ないという
油彩画の完成に立ち会う

僧服《スータン》に痩身を包んで
歩む青年
急な坂の下りを

湖のほとりに朽ちてゆく
禽の頭蓋の尖端が
今日を指す

XIII

蜜蠟と聖母像

目に留めた
吾になにを宿らせるのか
象牙の色の
聖母《マリア》の像は

かつて彼《か》の町に
絶えず問われていた
祈らないでも
生きられるかと

窓の辺の暑さは
蜜蠟を曲げるほど
吾の居ない
半日のこと

バスの旅
列車の旅を貯水池に
沈め睡らす
堰になる吾は

瓦斯入りの水に
莱姆《ライム》を絞り
指を拭く
遠雷だろう今のは

杉綾織《ヘリンボーン》の
床に陽が
降るなかで教えられた
優しい日本語

窓の下 扉《ドア》脇
やはり窓の方
西洋箪笥《チェスト》を人に
搬ばせる午后

聖堂の円屋根を
湿らせてゆく
乾いた風を
鎮めて霧は

母と子が佇《た》っていた
司祭の導きに訪ねた
川縁の小屋に

棉の畠《はた》
聖夜の贈り物 について
語らう家族はportuguês《母国語》で

白い花が咲く季は過ぎる
赤土の上の
緑の大農場《ファゼンダ》を

八つ切り写真が
額装されていた
修道院の面会室に

黙しつつ口にする人
一片の麵麭を
夜明けの珈琲《カフェ》に浸して

思いを籠めた
静かな別れだった
英国農園という町と

XIV

林檎の村

磨きあげられた窓に
誰の詩句
なのか涼しく
響きあう言語

吹き荒ぶ
風を思う
閉ざした窓から
招き入れられた光に

掌を
差しだして異を唱えるときの
掌に
載るものは無し

茶髪《ブリュンヌ》の店主に
薦められて購《か》う
公正貿易《フェアトレード》の
珈琲《カフェ》と査古律《ショコラ》を

切り取って置いた
水彩紙《カンソン》をだして素描する
詩の
踵の辺を

二羽の白禽が
大河を飛び去った
目には追えない
ほどの疾さに

寂しげで忍耐強い
伯国《ブラジル》の
側面を見る
痩せた女性《モデル》に

独逸《アレマン》系の
移民の成した
林檎の村
汝の故郷《ふるさと》で食べたこと

眠り足りた素貌に汝は
屋根を吹きながれる雨に
見蕩れていた

眼の縁の光り
下瞼の翳り
定着剤《フィクサチーフ》に堅く保護する

なにも知りはしないのにと云うように
椋鳥が飛ぶ
大きな群れで

祝福だろうか
弔いだろうか
雷雨が明けて村に鳴る鐘は

木の陰で汗が引くのが心地よい
胸にひろがる
信仰がある

河はどこかで合流したのだろう
いま穏やかな
深さを見せて

XV

食前の祈り

歩きだしてしまえば
径に従える
行く宛ては何処にも
無くても

木漏れ日の落ちる
卓布に
腕まくり
した人の手が皿を並べる

麺麹の付け合わせ
数種を並べて
主菜の笠子《カサゴ》が
焼けるのを待つ

床板を
四つん這いにて
拭き了えて
自分の膝に口づける女性《ひと》

明るみは寡黙で
拭き了えた窓も
窓を透して
濾過される陽も

軽い気持ちで贈った
Chardin《シャルダン》の複製が
今も
厨に掛かる

彫刻のある額縁に装いを替える季
雷《らい》
雨《う》
が訪れる

食卓に
歓びの火種を灯し
豆の汁《スープ》を
注《つ》いでゆく婦人《ひと》

根を付けたままの菠薐草《ほうれんそう》を焼き
温《ぬく》めた皿の上に
寝かせる

鶏卵を落としてしまう
人を思いはじめれば
秘密が生まれて

公正で高潔な人だった
娘の傍らで
昨夜も母親《はは》は

造林に射す光線の幾筋も
汝の慈しみが今
解る

今がもう
この先で待っているよう
不意に懐かしいものになって

純白の卓布に刺繍を施し
客人《まれびと》を待つ
今日も老婦は

XVI

朝市に吊り下げられていた兎

心痛は明るく澄んで
残された
雷《らい》に打たれる夢から
覚めて

朝市に
吊り下げられていた兎
ふかまる秋の
辺《ほとり》にそっと

行きずりの
小邑の古書肆に購う
非定型《アンフォルメル》の
昏い画集を

食堂の
消炭色の
北壁に小暗く掛かる
阿蘭陀《オランダ》派の絵

綿羊に付いた
朽葉を見ていた
代理の所用で
北へ上って

穏やかに黙して消える
想いだと思う
仮縫いの
仕付け糸を

襟垂飾《タブ》の附いた
黒外套《コート》が護る
細い襞《ギャザー》の
白の胴着を

僧院の回廊を
心に引きよせる
枇杷色に染まる
木立で

遠い記憶に
呼びだされて往くよう
猟《かり》の囮《おとり》の禽の模型は

円かな幸福に
密封されてきた
往復書簡が開かれる

道そのものが
信頼の証だから
一人ひとりで歩むなかを

寛ぎの岸辺に導いてくれる
画家が遺した
手記の端の疎画

敷物《タピ》と卓子《ターブル》
老婦がいた小部屋の柱時計が
Ⅻ時を打つ

短上衣《ジャケット》の
釦の穴に挿す老夫
自分で摘んだ野辺の小花を

XVII

聖アンヌの日

女の子みたいに
鳴き交わす雀
蜥蜴が
岩の罅に遁れて

晩御飯までの
片時 Czerny《ツェルニー》の
練習曲が
ほんのり韻《ひび》く

硝子箱に納まる
蜂入りの琥珀
小禽の頭蓋
珊瑚 両球面《レンズ》

幸福は孵るもの
だろうか
栞紐
みたいに舌をだす蜥蜴

水禽を思わせて
佇む少女
丸襟に雛菊の
刺繍で

樹脂に固めた襟飾《ブローチ》の
霞草
黒の綾織《ツイル》の
胸に静まる

森の実を
少女に渡して
少年は解《ほど》いていた手を
また繋ぐ

川水が柳の枝を
浸す午后
額《ひたい》に映る
前髪の影

本来の用途を外されてしずか
古い書籍が住む
食器棚

雲のたたずまいや道を往く農夫
ひそかに綴られた
反戦詩

樫の実を食卓に置き
黒豚の煮込みを皿に
取り分ける午

貨物容器《コンテナ》の積み荷が
何なのか知らず
七月二十六日《聖アンヌの日》の港にいた

海外へ往き
また戻る貨物船
了えてはならないもののように

欅《けやき》の木蔭のような農夫
手編みの籠を提げた農婦と
歩む

XVIII

水車小屋のある銅版画

角《つの》の匙
把手の長い
片手鍋
使い心地を手の中にみる

雪の日の
記憶にうかぶ
隣席の老婦と
同じだった一皿

先週の
汝の手紙を
厨辺の静物画だと
思うたまゆら

今朝 忘れな草が
芽吹く喜びを
なにに喩えたら
いいのだろう

知っていて欲しいから
鬣《たてがみ》に隠れた
角《つの》を見せに来る
夢馬

放れたい
思いに抗えず
厚手の短上衣《ボレロ》の
留め針は外れる

木の枠を
菱形に組む
真鍮の鉤の並びに
なにも掛からず

目蓋《まなぶた》へ這わせた指を
くちびるに戻す
盲目の
彫刻家は

雨に打たれて帰りつく
うち解けた人と
別れてきたようになり

まだのこる思いを
秤るために載す
小禽の羽根と卵の殻を

道に迷っているみたい
絵のなかの
小さな人の裾は縺《もつ》れて

美しい警句を持ち歩く
薄い便箋にびっしり
書き写し

水車小屋のある
銅版画を見ながら
胸の渇きを癒したこと

油《ゆ》に溶けて
静かに香る画の前へ
手を取り導かれてゆくまで

XIX

蛇遣い座

健やかな頰の
艶さえ見てとれる
双眼鏡に追う
少年の

蛇遣い座を
あしらえば
乳白につやめく
南京玉《ビーズ》刺繡の小覆布《カバー》

Bach《バッハ》には
Klee《クレー》が似合う昼下り
小川の縁に
咲く白詰草《クローバー》

一心に目が追いかける
遠退くほど
知りたくなってゆく
この世を

桃色の紅鶴《フラミンゴ》たち
湖の
祈禱の椅子の
連なりになる

今は見えない
けれどあるだろう恋しさは
海に潟が
あるように

麺麹が焼けはじめ
焼けおわる成りゆきに
思いも
行き着けばいいのに

馬に乗り
足を鐙に置くに似て
意味が二様に
分かれて進む

Tiziano《チチアン》の技法で
肖像《ひと》を温かく描き得るなら
画集を閉じる

積雪に白く
慰められながら
梯子透編《レース》を厚紙に巻く

すでに縫う準備はできていて
遺された黒糸に
人の思想は

人を画くあいだ
淋しく包まれる感じを
悦《よろこ》びと呼んでみる

〈また来てくれますか〉
〈Bien sûr que oui《もちろんです》〉
また妖精《ニンフ》みたいな貴女を画ける

思いの道を歩ませる
心
一本の薪を燃焼する火は

XX

昼食だけを出す店

手に触れる
ものの重みに試される
告白は
自己弁護だろうか

行き違い
思い違いを重ねゆく
今日さえ予測
できないなかで

影どうし傷みもなく
擦れ違う
交わる部位を淡く
恥じながら

図書館へ来た吾を
ちらと見て　また
本に目を落とす少女
雪片

なにを信じて
この腕に飛びこんでくる
水浴の坊や
真裸

等式のように信じて
いられたら
なぜ淋しいのかも
知らないで

解き方を
思案する汝
ひとさし指を
下唇に置きながら

夏草の茎を噛みつつ
道のない野原に
腰を落とす
青年

透き通る明白さで
蝶が死に着く
勝利でも敗北でもなく

昼食だけを出す
店の席に着く
寺院の後ろ姿が見える

もう一つの解き方があるという
もっと美しいという
解き方

蝶番は
古い言説に代わり
壁と扉を結び続ける

いつ雨が止んだのだろう
内心に働いている
虹ひとつある

一人《いちにん》の歩みを護り
讃えつつ渡らす
欄干のない橋は

本書収録の作品は、２００３年－２０２２年に制作された既発表また未発表の２８０首です。本書は著者の第４歌集になります。

著者略歴

小林久美子

こばやしくみこ

1962年（昭和37年）、広島県生まれ。歌集に、『ピラルク』（98年、砂子屋書房）、『恋愛譜』（2002年、北冬舎）、『アンヌのいた部屋』（19年、同）がある。「未来」短歌会会員。

造本装丁 大原信泉

小さな径の画

著者
小林久美子

2022年9月10日　初版印刷
2022年9月20日　初版発行

発行人
柳下和久

発行所
北冬舎
〒101-0062 東京都千代田区神田駿河台 1-5-6-408
電話・FAX　03-3292-0350
振替口座　00130-7-74750
https://hokutousya.jimdo.com/

印刷・製本　株式会社シナノ書籍印刷

ISBN978-4-903792-81-1　C0092